AF332197

A L'ORÉE DU XXe SIÈCLE

PORTRAITS CONTEMPORAINS

VOL. XIV

PAUL DABLIN

PAR

Henry CARNOY

Professeur au Lycée Voltaire

PARIS

Les Grands Dictionnaires internationaux

24, Rue des Grands-Augustins

1903

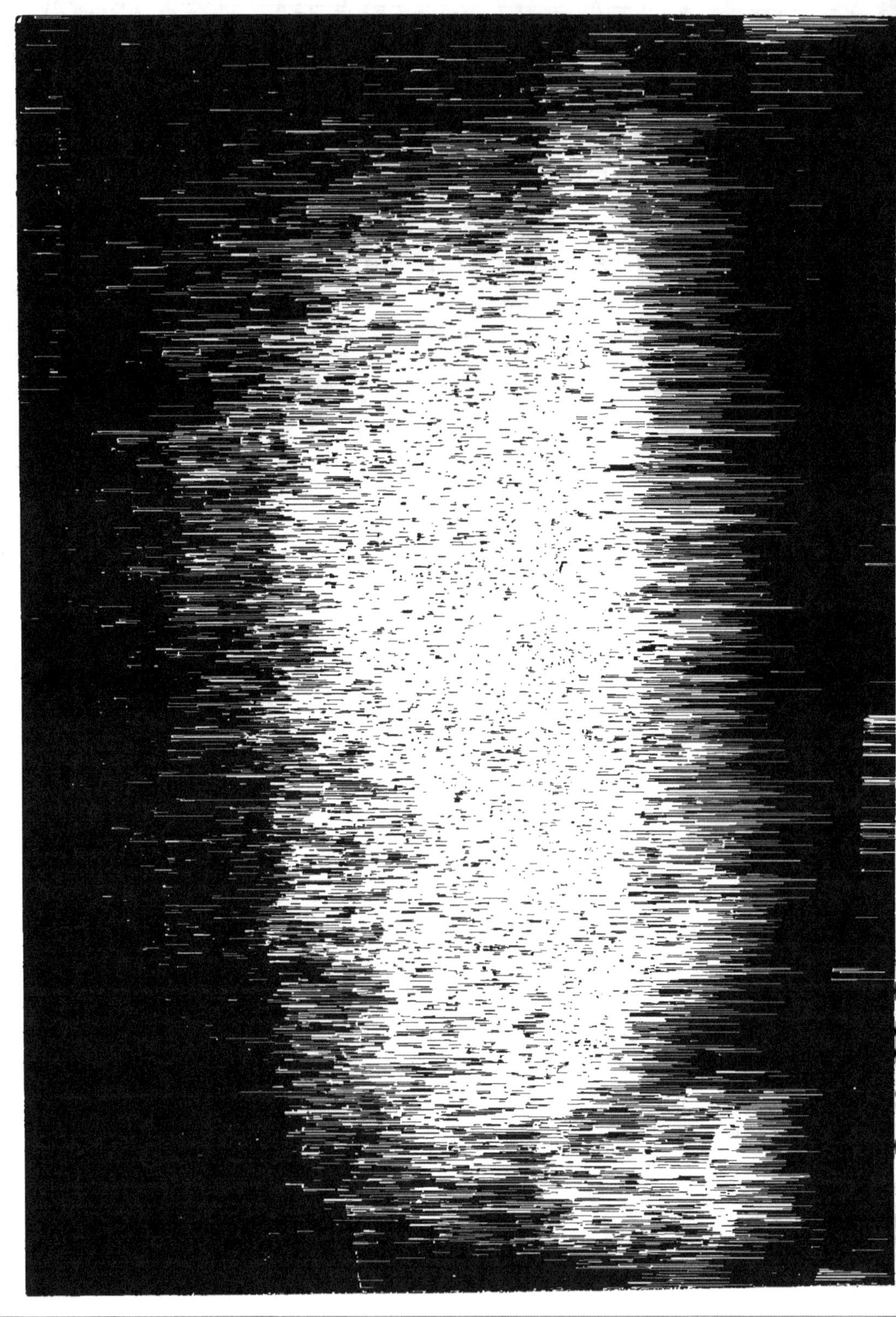

PAUL DABLIN

PAUL DABLIN

A L'ORÉE DU XXᵉ SIÈCLE

PORTRAITS CONTEMPORAINS

VOL. XIV

PAUL DABLIN

PAR

Henry CARNOY

Professeur au Lycée Voltaire

PARIS

Les Grands Dictionnaires internationaux

24, Rue des Grands-Augustins

1903

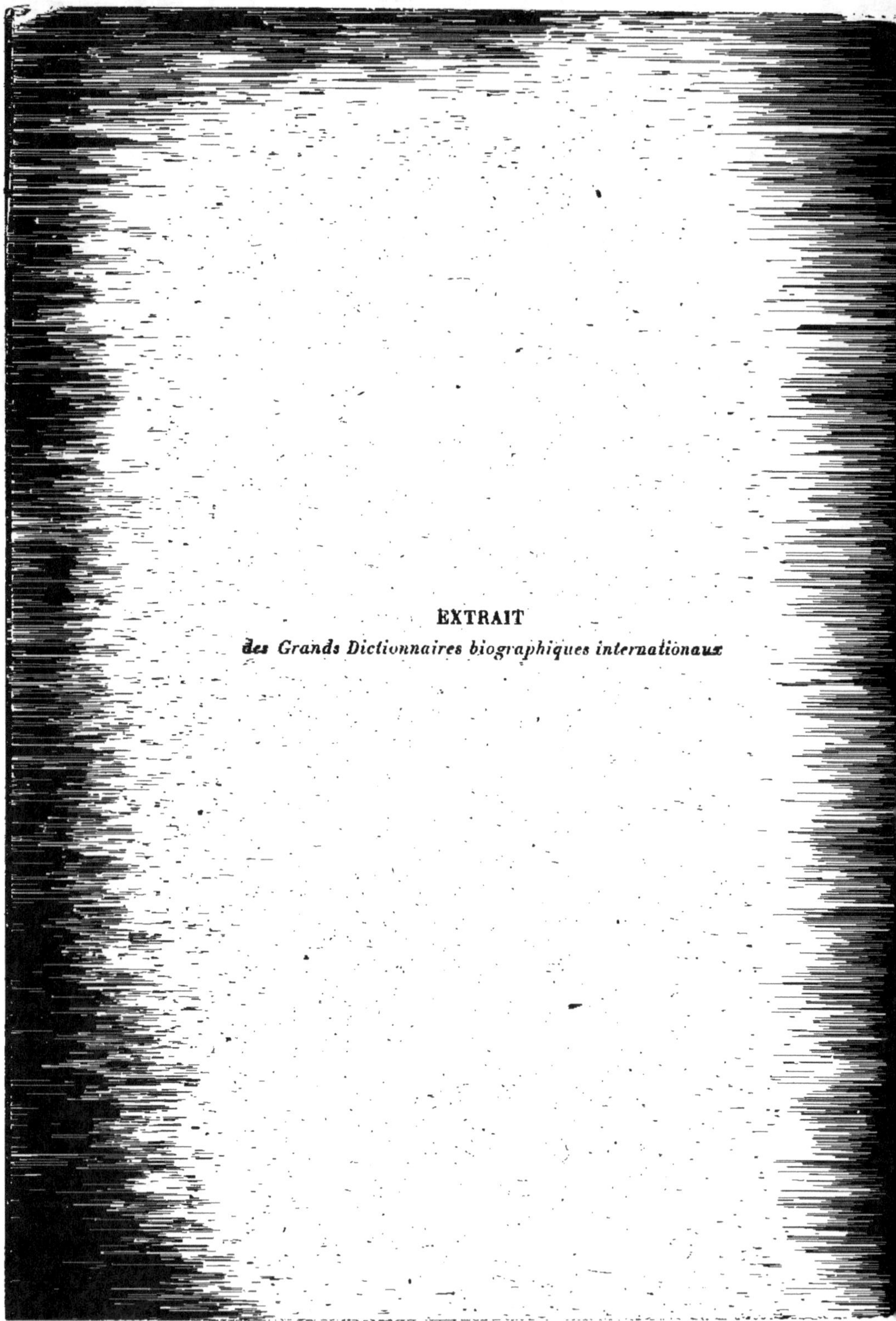
EXTRAIT
des Grands Dictionnaires biographiques internationaux

PAUL DABLIN

DABLIN (Paul-Victor) I 🎗, né à Longjumeau (Seine-et-Oise) le 19 avril 1844 ; érudit, archéologue, numismate et écrivain français ; secrétaire général de la *Société Historique et Archéologique du VIIIᵉ arrondissement.*

Adresse : 25, rue Royale, Paris.

M. Paul Dablin, après avoir fait d'excellentes études secondaires au Lycée Bonaparte d'où il sortit en 1862, fit son droit et succéda en 1872 à son père, M. Victor Dablin, comme huissier audiencier au Tribunal Civil de la Seine, fonction qu'il conserva jusqu'au 24 février 1898.

Ce qui domine chez lui, c'est le goût qu'il eut de bonne heure pour l'archéologie et les études historiques.

Dès le collège vers 1858, au lieu de jouer au ballon ou à la « paume » comme ses camarades,

il leur tirait sa révérence pour aller sur les quais
à la découverte de trésors de numismatique.

C'était avec la modique somme de vingt sous
par mois, son argent de poche, qu'il parvenait à
satisfaire en partie ses goûts de jeune numismate
en achetant de vieilles monnaies romaines à un
sou la pièce.

Son père lui ayant enfin généreusement aug-
menté sa petite pension, il put faire l'acquisition
de l'objet de ses rêves : un ouvrage qui pût le
guider dans la connaissance et l'identification de
ses collections.

Vers 1869, furetant dans le grenier de son père,
rue Royale, il découvrit de nombreux dossiers
poussiéreux à demi rongés par les rats et les
souris.

Le hasard lui avait fait rencontrer un véritable
trésor, car il s'agissait de nombreuses lettres autographes de généraux de la République, de
maréchaux de l'Empire et des principaux person-
nages du XVIIIe siècle.

Émerveillé à juste titre de cette heureuse trou-
vaille, il emprunta ces documents à son père
pour les consulter. Il ne put jamais se séparer
par la suite de ces fameux dossiers qui restèrent
dans sa mansarde d'étudiant.

Entre temps, la guerre survint, puis la Com-
mune. La maison où habitait M. Dablin père fut

incendiée avec tous les trésors archéologiques
qu'elle contenait.

Les documents enlevés par M. Paul Dablin en
1869 ne s'y trouvant pas, le jeune collectionneur
se fit ce raisonnement à la fois juridique et phy-
losophique que, s'ils étaient restés rue Royale, ils
n'existeraient plus ; donc... ils lui appartenaient.
M. Dablin père approuva son fils et les dossiers
devinrent la propriété de M. Paul Dablin..

Depuis son mariage, en 1872, jusqu'en 1898,
époque à laquelle il quitta sa profession pour
prendre une retraite bien méritée, M. Paul Dablin augmente journellement ses collections de
toutes sortes.

M. Paul Dablin, qui est un profond observateur,
a été à même d'étudier le monde des avocats et
de la Basoche et de tirer de ses observations la
matière d'un petit ouvrage qui doit paraître pro-
chainement sous le titre de : *Souvenirs d'un vieil
Huissier de Paris.*

Collaborateur très assidu de l'*Intermédiaire des
Chercheurs et Curieux* il y a publié de nombreux
articles de critique d'art et d'histoire sur le
XVIIIe et le début du XIXe siècle, études où il
s'est appliqué à corriger bien des erreurs historiques en utilisant ses précieux dossiers.

M. Paul Dablin est administrateur de la Caisse
nationale d'épargne, membre de la Commission

des Bibliothèques municipales de la ville de Paris, commissaire du Bureau de Bienfaisance du VIII° arrondissement, etc...

En mars 1899, il a fondé avec le concours de MM. Paul Beurdeley et Quentin-Bauchart la *Société Historique et Archéologique du VIII° arrondissement de Paris*, qui prit en peu de temps un très grand développement et qui compte actuellement de nombreux adhérents.

A l'Exposition universelle de 1900, il fut nommé membre des Comités d'admission des Congrès internationaux, membre des Congrès d'admission et d'installation classe 15 (monnaies et médailles) où il se fit remarquer par son exposition des *jetons des corporations parisiennes marchandes et judiciaires*.

Comme exposant, il prit part en outre à quinze autres classes centennales en exposant les pièces les plus intéressantes provenant de ses collections personnelles.

Nommé Officier d'Académie en 1896 sur la proposition de Victorien Sardou, ce ne fut que le 9 février 1903 qu'il obtint la rosette d'officier de l'Instruction publique.

A l'heure où nous écrivons ces lignes, M. Paul Dablin vient de disperser à l'hôtel Drouot ses curieuses et intéressantes collections. Sa vente a été un événement dans le monde de l'érudition

chaque bibelot et a donné un produit de 30.707 fr. 50.
Les catalogues ont été rédigés de manière à en
faire des œuvres qui survivront aux enchères. Il
n'a pas voulu se séparer de ses merveilleux
manuscrits sans leur dire un adieu. Il en a extrait
un certain nombre de *souscriptions* et formé ainsi
un recueil des plus intéressants. Cette brochure
est intitulée : Les *Souscriptions des lettres dans la
correspondance depuis le XVI* siècle jusqu'à nos
jours.*

Nous nous faisons un plaisir de reproduire ici
la charmante et trop courte préface de cet ouvrage, due à la plume autorisée de Georges
Montorgueil qui est lui-même un fervent collectionneur et un érudit passionné.

« Adieu papiers, vendanges sont faites ! Le
« vent d'enchères vous disperse, mais l'original
« qui vous avait réunis pour sa délectation a
« voulu conserver un souvenir de vous. Trente-
« ans, dans vos chastes chemises, que n'appro-
« chaient point les maisons indiscrètes, vous
« avez gardé pour lui jalousement les trésors de
« vos formes épistolaires. Il parlait de vous
« souvent, s'il vous montrait peu. Il aimait votre
« compagnie, à ses yeux d'autant plus choisie,
« qu'il l'avait choisie lui-même, au hasard des
« flaneries, ramenant dans « sa bauge » tantôt
« un poète, tantôt un soldat, tantôt un roi,

« Il s'est résigné à la séparation, toutefois non
« absolue puisque, vous tirant sa révérence, il
« garde les vôtres ; il garde votre geste d'adieu
« impérieux ou familial, votre politesse fleurie
« en jolies épithètes sur la grâce déliée des
« paraphes, tout un art perdu, en ce temps de
« gens pressés dont la courtoisie sans style a
« congédié le protocole.

« Aussi, chercherais-je en vain, papiers, com-
« ment vous dire les sentiments avec lesquels
« j'ai l'honneur d'être, de M. Paul Dablin, pour
« ce qu'il m'a permis de vous saluer sur le seuil
« au départ, son très reconnaissant et très
« dévoué,

« GEORGES MONTORGUEIL. »

M. Paul Dablin va maintenant prendre quelques
mois de repos bien gagné.

Il se propose de publier avant la fin de l'année,
avec le concours de M. le docteur Cabanès, une
*Etude sur les trois dernières années de la vie de
Napoléon à Sainte-Hélène*, d'après des documents
inédits, notamment d'après le *Livre de Comptes
de Pierron*, son maître d'hôtel.

Nous ne doutons pas du succès qu'obtiendra
cet ouvrage à son apparition.

En préparation également pour paraître l'année prochaine (1904) : *l'Histoire de la Cocarde*

Nationale depuis le début de la Révolution jusqu'à nos jours, avec de nombreuses gravures et planches en couleurs.

Pour terminer ces brèves notes nous reproduisons ici un extrait de la préface, précédant le catalogue de la vente des autographes, documents historiques et curiosités révolutionnaires composant les collections Dablin par M. le Dr Cabanès qui par ses nombreux travaux a su prendre place parmi nos meilleurs historiens :

« ... Les Collectionneurs d'autographes appar-
« tiennent à deux catégories bien tranchées :
« ceux qui communiquent, et les autres. Les
« premiers, est-il besoin de l'ajouter, ont toutes
« nos sympathies et personnellement nous leur
« sommes redevables pour nos études histori-
« ques, de bien des pièces qui ont peut-être
« éclairé d'un jour nouveau la psychologie de
« maint personnage.

« Ce sont des hommes comme Dablin qui ren-
« dent aux travailleurs d'inoubliables services.
« Nous déplorons seulement que l'occasion soit
« trop rare de leur en témoigner notre gratitude.

« Ce n'est pas à des amateurs d'autographes
« que nous aurons l'outrecuidance de vouloir
« apprendre que ces papiers, plus ou moins jau-
« nis par le temps, contiennent d'intéressantes
« et instructives révélations. Aujourd'hui la

« preuve est faite pour tous, qu'on ne saurait
« étudier consciencieusement une époque, en
« fixer les traits définitifs, sans l'appoint des
« matériaux manuscrits.

« Les Mémoires sont, à coup sûr, de précieu-
« ses dépositions de témoins plus ou moins in-
« formés, plus ou moins sincères ; les Chroniques
« sont souvent imprégnées de l'esprit de caste
« ou de parti. L'historien, si l'on s'en rapporte
« à l'avis d'un homme de haute autorité, doit s'en
« servir avec une circonspection extrême.

« La vérité est, en tous cas, moins facile à y
« découvrir, que dans les pièces faites au moment
« où les événements se passent et destinées à les
« préparer, à les accomplir, à les raconter. Ces
« sortes de documents ne plaisent pas toujours
« autant que les Mémoires, mais ils trompent
« moins. Ils sont les vrais matériaux de l'his-
« toire... L'histoire s'avance sûrement lors-
« qu'elle s'appuie sur eux. C'est à leur clarté
« qu'elle suit les événements et qu'elle pénètre
« les desseins des hommes.

« Ces lignes de Mignet devraient être gravées,
« en exergue, au fronton de tout cabinet d'ama-
« teur d'autographes. Elles ne serviraient pas
« seulement à justifier une passion, noble entre
« toutes ; elles encourageraient ceux qui en fran-
« chiraient le seuil à imiter l'exemple de Paul

« Dublin, qui a su faire un emploi si intelligent
« et si généreux de la fortune conquise par un
« incessant et honnête labeur. »

Paris, 15 avril 1903.

HENRY CARNOY,
Professeur au Lycée Voltaire.

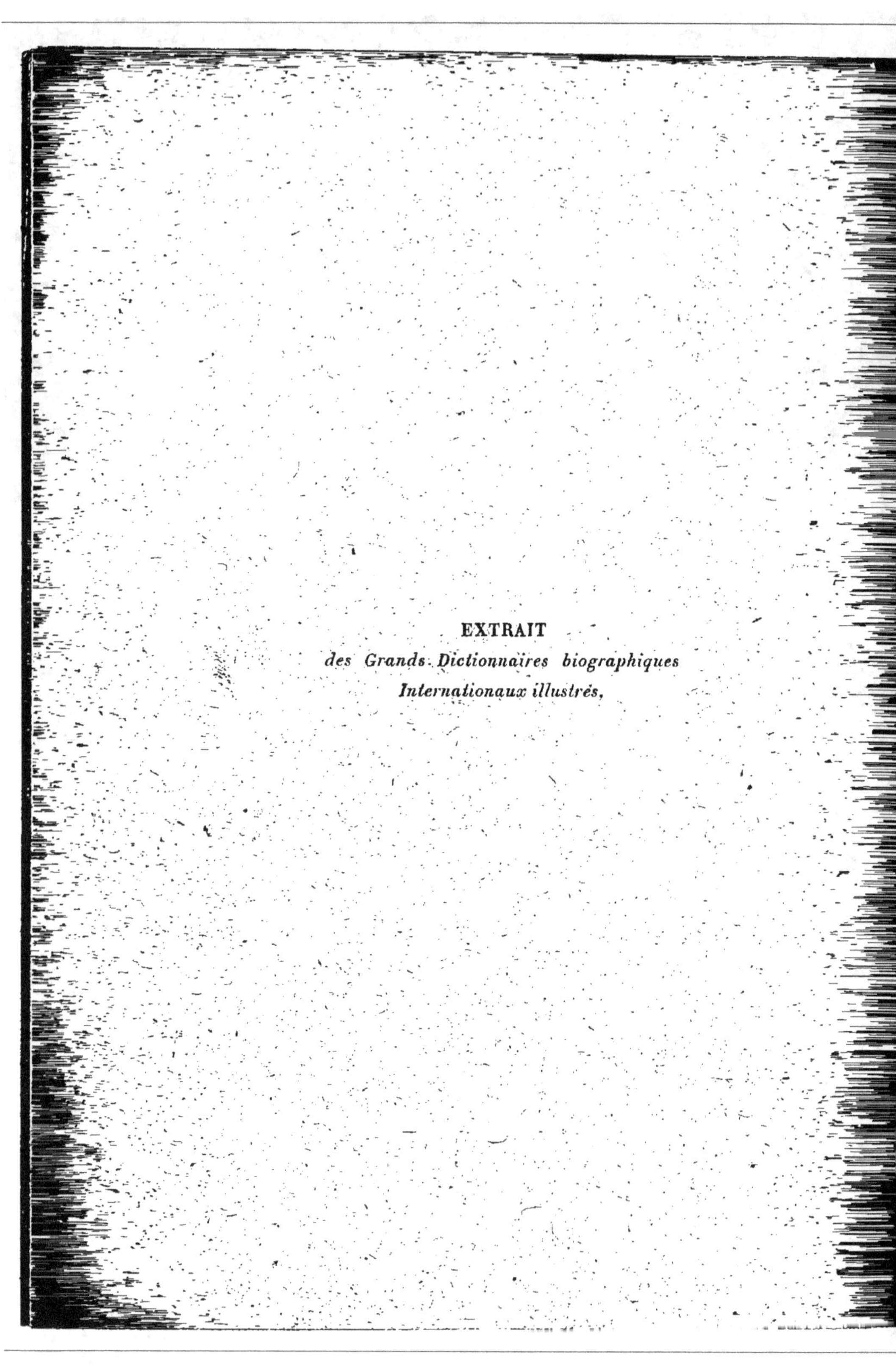
EXTRAIT
des Grands Dictionnaires biographiques
Internationaux illustrés,

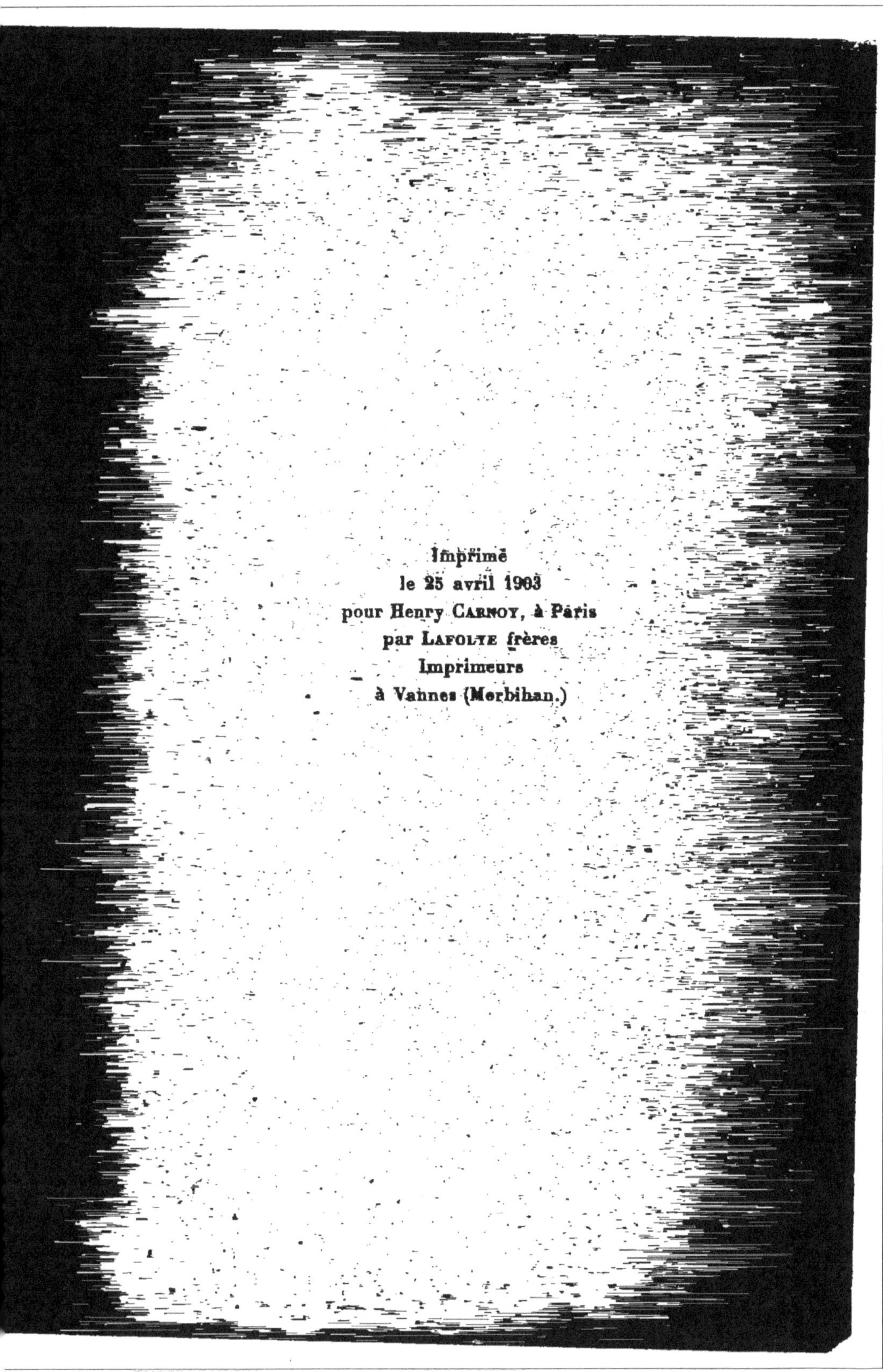
Imprimé
le 25 avril 1903
pour Henry CARNOY, à Paris
par LAFOLYE frères
Imprimeurs
à Vannes (Merbihan.)

COLLECTION

DES

GRANDS DICTIONNAIRES BIOGRAPHIQUES

Directeur-Général : M. Henry CARNOY, A. U. O. ✠

DICTIONNAIRES EN SOUSCRIPTION

DICTIONNAIRE INTERNATIONAL des Ecrivains, des Artistes, des Membres des Sociétés savantes, du Clergé, du Monde diplomatique, politique et administratif, de la Haute Société, des Folkloristes, Voyageurs et Géographes, des Médecins, Chirurgiens, Chimistes et Naturalistes, etc. ; Tome II.

DICTIONNAIRE INTERNATIONAL des Inventeurs, Ingénieurs, Grands Commerçants et Industriels, Agriculteurs, Viticulteurs, Horticulteurs, etc. ; Tome II.

DICTIONNAIRE des Hommes de l'Est, du Nord, du Centre et de l'Ouest ; Tome II.

DICTIONNAIRE des Hommes du Midi ; Tome Ier.

PARIS, 24, rue des Grands-Augustins (VIe)

COLLECTIONS FILIALES

DICTIONNAIRE INTERNATIONAL des Philanthropes, des Mutualistes, des Bienfaiteurs de l'Humanité, sous la Direction de MM. Harmois et E. Alleaume.

DICTIONNAIRE INTERNATIONAL des Artistes et du Monde Artistique, sous la même Direction.

DICTIONNAIRE INTERNATIONAL des Jurisconsultes, de la Magistrature, du Barreau et du Monde Financier, sous la même Direction.

PARIS, 119, boulevard Voltaire (XIe).